自然文学不是坐在家里的人能够写出来的，

只有那些行走在丛林之中、

原野之中、河流之中、沙漠之中，

甚至是悬崖峭壁、茫茫雪域中的人，才能够写出来。

所以，这样的文字很少，

这样的文字特别珍贵。

俄罗斯文学

在世界文学中有着极其重要的地位。

俄罗斯孕育了一大批才华横溢、

出类拔萃的世界一流文学大师。

俄罗斯文学曾经是几代中国人共同的精神记忆。

高尔基曾经说过：

全世界都惊讶于俄罗斯文学的美和力量。

世界自然文学大师作品·美绘本

大自然里的故事

HUANGYE
HUOHULI

# 荒野火狐狸

[俄] 尼·斯拉德科夫◎著

[俄] 伊·茨冈诺夫◎绘

石雨晴◎译

海峡出版发行集团 | 福建少年儿童出版社

THE STRAITS PUBLISHING & DISTRIBUTING GROUP | FUJIAN CHILDREN'S PUBLISHING HOUSE

# 我去追寻一棵大树
# 却发现了一片森林

多少年以前，当我还是梳着两根麻花大辫子的小女生时，一本薄薄的小书《金蔷薇》，让我第一次接触了俄罗斯文学。它像一抹灿烂的阳光，照亮了我幽闭的脑海；更像一片蓬勃生长的高高白杨，风吹叶落，把文学的种子撒在了我的心田。

那是我的文学初恋，那种扑面而来的美好让我震惊。从此，我记住了康·帕乌斯托夫斯基这个长长的名字（以下就让我称呼他"老康"吧）。

之后，我又读到了老康风靡世界，为他赢得无数读者粉丝的"梅拉尔"自然系列，情不自禁被作家神奇的笔触牵引着，走进森林、海洋、田野、河流，飘逸的晨曦、坠落的夕阳、大大小小的湖泊、曲曲弯弯的小溪……

多少年以后，确切地说，在2017年以后，我决心去俄罗斯寻找我的文学初恋，寻找影响了我一生的"梅拉尔"那片神奇的土地。

我先后三次赴俄罗斯，从莫斯科郊外那一片片树干上睁着无数只"眼睛"的白桦林，到伏尔加河两岸滚动着金黄色麦穗的旷野；从索罗恰乡间无边无际的草原、黄豆地、草垛子，到梅拉尔深处洇染着墨绿色的丛林……一路寻找着老康的创作轨迹，也一路走读着俄罗斯大自然如同油画一般的美丽风光。

我终于明白，为什么俄罗斯这片神奇的土地，会孕育出那么多如雷贯耳的世界级文学大师；我也终于懂得，大自然是举世无双的天然教材，只要从中撷取一根枝叶、一滴水珠、一片云彩、一缕阳光，你就会在不经意间走进一个未知的缤纷世界。

2019年夏天，我去乌克兰寻找老康少年时期的成长轨迹。我在基辅大学附近135中学里的康·帕乌斯托夫斯基纪念馆中，意外而又惊喜地发现：我恋了半个世纪的老康，居然还是一位伟大的儿童文学巨匠，他曾经写下大量的儿童文学作品，在俄罗斯拥有无数的少年儿童读者。

这样一位早在 20 世纪 60 年代就差一点获得诺贝尔文学奖的世界级文学大师，却为何会俯下身子，为小朋友们写下这么多的儿童文学作品？又为何会将自己追求一生的自然文学，用少年儿童喜欢的形式展示给他们？好奇之余，我产生了探究的欲望。

我决心去寻找老康，去寻访老康的童年。

那是一个名叫贝里普恰的小村庄，那是老康的爷爷的故乡，也是老康童年玩耍嬉戏的地方。

我无法形容这个朴实无华的小村庄在斜阳下露出完整面貌的那一刻，带给我的安谧和宁静，村口那一条蜿蜒穿过田野流向远方的河流，闪动着鱼鳞般的银光。河边矗立着一块黑色的大石碑，上面刻有老康留下的两行字：

> 我在这里度过了童年，
> 每天都像过节一样快乐。

村民们把这条河叫"露珠河"，河边的小山丘和长满茅草野花的旷野，是村里孩子们天然的游乐场。老康从六岁开始来到爷爷家生活，在大自然的怀抱里度过了他一生中最最难忘的快乐时光。后来他去了基辅上学，但每逢周末，他还是会回到爷爷家中，跳进河里游泳，钓鱼摸虾。老康和爷爷一起划着小船在湖上采摘菱角莲藕，野鸭张开翅膀拍打着水花，老康嚼着莲子，满嘴清香，将绿色的壳扔在野鸭的脑袋上。

我相信，这样的快乐带给老康对生活的感悟，是他在课堂上和书本中都感受不到的。老康笔下的自然文学，一定来自这个名叫贝里普恰的小村庄，来自他身边的大自然。

从贝里普恰回到基辅，我就开始在这座城市的大小古旧书店里穿行，想收集老康描写大自然的儿童文学作品。没想到，这一收集，我才知道自己从前的孤陋寡闻，才明白老康虽然是俄罗斯自然文学领域中的一棵大树，但这棵大树的背后，还有一片森林！

其实，人与自然的关系，一直是俄罗斯文学最重要、最深刻的主题之一。在整个俄罗斯文学的辉煌宫殿里，有一条耀眼夺目的长廊，就是"自然文学"，而在这条长廊里留下优秀作品、树立不朽丰碑的，则是一长串如雷贯耳的名字：普希金、托尔斯泰、屠格涅夫、普里什文、帕乌斯托夫斯基、斯拉德科夫、比安基、希姆……

俄罗斯文学曾经是几代中国人的精神记忆，20世纪五六十年代，中国引进了数量众多的优秀俄罗斯文学作品，却似乎忽略了俄罗斯"自然文学"这条百花盛开的长廊，更鲜少向中国小读者们整体介绍这些作家和他们的作品，这不能不说是一件十分遗憾的事情。

近几十年来，中国的高速发展是全世界有目共睹的，但与此同时，人们对大自然过度地索取甚至是破坏，人和自然的平衡不断被打破，也是不争的事实，令人深深担忧。好在随着人类认知水平的不断提高，越来越多的人深知人与自然和谐共生的重要性，人与动植物和谐相处的重要性。自然是生命之母，人类只是自然的一部分。天地与我并生，万物与我为一。人类应该敬畏、尊重、顺应和保护自然。

在这样的时代背景下，福建少年儿童出版社适时引进俄罗斯"自然文学"，无疑有着十分积极的意义。出版社首先推出的五位俄罗斯文学大师，同时也是享誉世界的"自然文学"代表作家。他们是：康·帕乌斯托夫斯基、米·普里什文、维·比安基、尼·斯拉德科夫、爱·希姆。

康·帕乌斯托夫斯基的作品浪漫地再现了现实生活中的动物和植物，他用行云流水般的语言，描绘出光线、气味、声音这样无形的生命。他笔下的自然文学，是现实和奇幻的交织；他故事中的人物，温暖、善良、美好。大自然的美和人类情感的和谐交融，是康·帕乌斯托夫斯基一生追逐的理想。

而米·普里什文的作品中，则饱含着作家对大自然命运的忧患意识，他预见到人类文明进程中，科学技术的高度发展，不仅可能毁坏大自然的生命，同时还会导致人类在精神、道德、审美情感上的麻木。他的作品充满了对自然万物的爱，他的文字会带领着你，亲吻泥土的芬芳、辨别百草的奇异、探寻密林的馥郁、倾听溪流的吟唱……让你在欢快和光明中，对人与自然的关系，进行哲理性的思考。

维·比安基最爱讲述动物和植物的故事，你可以跟随着他的故事走进大自然这本百科全书。在这里，你不但能和大自然交上朋友，甚至还能学会做大自然的主人，培养自己做人的重要品性，比如：善良、真诚、勇敢、坚强、不畏强暴、扶助弱小、疾恶如仇、从善如流……

尼·斯拉德科夫更像一位诗人，他用爱和好奇锻造出一把神奇的钥匙，并用这把钥匙为你打开大自然——一切生命的奥秘之门。门里面的风景很迷人，你会惊叹于海洋、沙漠、雪山、苔原的多姿多彩；你也会折服于蓝天、大地、宇宙、苍穹的广袤与浩瀚。

爱·希姆的神奇之处在于：他可以将动物的对话，翻译成人类的语言，这就无形中使得你的认知世界，一下子扩大了一百倍、一千倍！希姆还是一个极其会讲故事的人，他会把生活中的你，巧妙地变成他故事中的主人公。当你在他的故事中，突然看到熟悉的自己时，千万不要惊掉下巴，你只要细细地去琢磨：我为什么会出现在这里，我难道也可以这样吗？终有一天，你将意识到，自己的未来，其实有许许多多的可能性。

现在，你们可以想象俄罗斯自然文学宝库里有多少挖掘不尽的璀璨珍珠了吧！有没有迫不及待地想亲眼去看一看的冲动呢？

来吧！它们就在这里等你！

袁敏

2020 年 5 月

# 目录 *mulu*

# 聪明的小野兔

　　我从来没有见到过这么聪明的小野兔。不过话又说回来，要不是这么聪明，它早就被老鹰抓走了，或者被某只凶猛的野兽吃掉了。

这儿生活着很多狐狸、狼和猞猁（shē lì），它们捕获了这个山坡上绝大部分的野兔，但一只叫裂耳的小野兔还没有被抓住。

这只小野兔的双耳是被一只金雕<sup>①</sup>撕裂的。那次遭遇之后，小野兔就变聪明了。

那只金雕因为年轻，经验不足。如果年纪大的金雕碰到野兔，它就会直接扑到野兔的背上，折断野兔的脊椎。而这只年轻的金雕只懂得追上小野兔，用爪子抓住小野兔长长的耳朵。

小野兔拼了命地奔跑，从金雕可怕的爪子里扯出自己的耳朵，"嗖"地一下躲到岩石下面。这些岩石在山坡上一排一排地分布着，形成了像长长的管道或洞穴一样的结构，岩石间的缝隙可以让小野兔钻

①金雕：属鹰科。猛禽，以其敏捷有力的飞行能力而著称，以大中型的鸟类和兽类为食。

进去，而狐狸或金雕是钻不进去的。

金雕蹲守在入口处，将脖子往洞里伸，但它的翅膀被岩石卡住了。它不得不放弃这个猎物，飞去捕捉另一只野兔，一只稍稍愚笨一点的野兔。

野兔们不像家兔那样有固定的窝，而且总在晚上进食。天刚开始亮的时候，野兔们在森林里跳上一阵子，然后开始绕着圈奔跑。它们故意将自己的脚印弄乱，然后站住不动，再奋力跳到一旁，躲在某块石头或者灌木下面，躺上一整天。

但这些计谋早就被要捕食野兔的家伙们熟知了，这种自救的办法并没能救下生活在这片没有树木的、开阔山坡上的野兔。但是，这一只聪明的小野兔却能安然无恙。

为什么它能安然无恙呢？它和其他野兔的行为习惯相反，它没有选择树林，而是选择这片岩石作为自己固定的窝，因为这片岩石已经从年轻的金雕口中救过它一次。

自那次之后，年长而有经验的金雕仍然不止一次地追捕过它。但这只小野兔从没有远离过这片岩石，每次只要遇到危险，它都会立刻"嗖"地一下就躲进岩石下面。

狼也曾尝试过捕捉这只小野兔。可狼如此强壮,怎么能爬进岩石缝隙呢!为了能捉到小野兔,狼的脊背被岩石磨出很多血,最后也只

能选择放弃。

　　一只可怕的猞猁也尝试过捕捉这只小野兔。猞猁是一种体型较大的猫科动物，它身上长着斑点，头小小的，身体像蛇一样灵活。猞猁将自己的鼻子伸向岩石之间的每一个孔洞，那里到处都散发着野兔的气味，但它既没法推开石头，更没法钻进石头缝里。

对于野兔们来说，最不幸的要数狐狸们也居住在这座山上。要知道，狐狸可是最狡猾的野兽，也是捕捉野兔的大师。

小野兔裂耳在岩石下面的家里平安地度过了整个冬天。

然而，春天刚到，雪刚融化，一对狐狸夫妇就发现了它。每年的这个季节，雄狐与雌狐相处和睦，一起养育孩子。当然，它俩也一起抓野兔。

小野兔正躺在山坡上，对着太阳晒肚皮，眼睛仍然机敏地留意着四周的动静，警惕着可能出现的危险。

雄狐屈着腿悄悄靠近小野兔。其实，远不是狐狸想的那么回事儿！

小野兔裂耳发现了雄狐，一下子跳开了⋯⋯ 雄狐飞快地朝它追了

过去，而小野兔一蹦，再一跳，就迅速逃进了洞里。

雄狐站在兔子洞口等待着……

小野兔裂耳以前都是这么做的：等追捕者离开后，它就再稍等一会儿，然后往洞外走。

了解小野兔习性的雄狐，正是想在这个时候抓住它。

但这次小野兔裂耳被狐狸吓坏了，它跑过整条长长的管道，跑遍自己在岩石下的整个洞穴，并从岩石的另外一头跳出去。它就是这样，才能不止一次地从狼和猞猁的口中逃脱。对狼和猞猁来说，这个招数很好使，但是对于狐狸来说，这个招数并不好用。

其实，雄狐才开始悄悄靠近小野兔的时候，雌狐就已经飞快地跑

向岩石的另外一头，站在出口处守候着。

只凭小野兔的这点儿小聪明，哪能猜得到狐狸们的这个鬼点子呢！它刚从洞里蹦出来，就撞见雌狐。雌狐在这个时候正舔着嘴唇，想象着自己马上就要享用这美味的小野兔了。

还好，雌狐舔了舔嘴唇，还没来得及把舌头收回去，小野兔就已经往左边转了一圈儿，"嗖"地一下钻回了洞里。

雌狐懊恼地狂叫起来，然而已经于事无补了，这都是它自己犯的错。如今，两个猎手——雄狐和雌狐，都只能躲着，耐心地等待着小野兔再次从岩石的这头或那头跳出来，它们只好一直保持着这样的包围

攻势。

狐狸们就一直坐在那里等待着：雄狐坐在入口，雌狐坐在出口。

小野兔裂耳这下并没有犯糊涂，它悄悄地把头从岩石中间的小洞探了出来。它往出口一看，雌狐正躲在那儿的石头后面守着。它再往入口一瞅，雄狐正蹲在灌木丛后面守着。

狐狸也看到了：兔子突然从岩石中间露出长长的、末梢带着黑色斑点的耳朵，它把脑袋先转向一边，随即又转向另一边，然后再次藏了起来。

狐狸们明白，它们得解除包围了。因为，在兔子洞穴的岩石缝间长着青草，兔子不用爬出岩石下面的窝就可以吃着草，它们已经没法用围困的方式来抓捕这只小野兔了。

狐狸们只得回家了。

小野兔就是这么聪明地送走了两只狐狸，自己还能完好如初。

# 狭木相逢

河水泛滥，一大波又一大波地漫出了河岸，将一只狐狸和一只野兔困在了河中央的一个小岛上。野兔在小岛上着急地乱蹿，它十分不安地说："前有河水，后有狐狸，这就是我现在的处境。"

狐狸朝野兔喊道："野兔，快快跳到我的圆木上来，你可别被淹死了！"

小岛渐渐被河水淹没了。野兔只得跳到了狐狸的圆木上，它俩各站圆木一端，顺水漂流。

喜鹊看到了它们，"叽叽喳喳"地叫了起来："真有趣，真有趣。狐狸和野兔居然同在一根圆木上，这会发生什么事情呢？"

狐狸和野兔漂流着，喜鹊沿着河岸从一棵树上飞到另一棵树上跟随着。

这时，野兔说："我记得，在发生水灾之前我住在森林里，那时候我多么爱啃柳树枝啊！它们是那么美味，那么多汁……"

"依我看，"狐狸接过话来说，"没有比田鼠更美味的了。野兔，你都不会相信，我能把它们整个儿地吞下去，连骨头都不吐！"

"啊哈！"喜鹊变得警觉起来，"好戏就要开始了……"

喜鹊飞向圆木，停在了旁边的小树枝上，直截了当地说："圆木上可没有美味的田鼠。狐狸啊，你只能吃野兔了！"

当饥饿的狐狸扑向野兔的时候，圆木的一头沉入水里，狐狸吓得赶忙回到自己的位置上。它气愤地朝着喜鹊吼了起来："啊，你这只坏鸟！无论是在林子里，还是在水里，你都打着坏主意。你就跟粘在我

尾巴上的刺球一样让我讨厌！"

　　但喜鹊并不介意，继续说："野兔，现在该轮到你进攻了。狐狸哪会和野兔和睦相处？快把它推入水里，我来帮你！"

　　野兔眯起眼睛，扑向了狐狸，圆木又摇晃了起来。野兔也吓得赶忙退了回去，并朝着喜鹊大声喊道："你果真是只坏鸟，想害死我们，故意唆使我们互相攻击。"

　　圆木顺河而下，野兔和狐狸各自在圆木的两端思索着……

# 森林大力士

　　当第一滴雨水落下时,森林里的举重比赛就开始了。小刺猬和小松鼠前来当裁判,参加比赛的有三位选手,它们是:杨树菇、桦树菇和苔藓菇。

第一位举重的选手是桦树菇，它举起了一片桦树叶和一只蜗牛。第二位举重的选手是杨树菇，它举起了三片杨树叶和一只小青蛙。苔藓菇是第三位举重的选手，它的好胜心被前两位选手激发起来，先是吹嘘了一番自己的实力，然后将头伸进苔藓，爬到了一根粗树枝下面，开始往上挺举。苔藓菇举啊举，举啊举，不但没能举起粗树枝，反而将自己的帽子压成了两瓣，就像兔子的裂唇一样。

　　最终，杨树菇成为获胜者，它的奖品是一顶鲜红的冠军帽。

# 不快乐的小鸮

　　从前，森林里有一只小鸮①，它的爪子尖利，眼神贪婪。它晚上抢劫掠夺猎物，白天则躲在茂密的树叶中呼呼大睡。很快秋天到了，强劲的东北风扯下了所有的树叶，小鸮再也没有地方可以藏身了。

　　"冬天马上就要到了，"小鸮决定，"得找一个树洞住下来了。"

---

① 鸮：是我国古代对猫头鹰一类鸟的统称。鸮为夜行性鸟类，最主要的食物是鼠类。

小鸮找到一个树洞，住了进去。从现在起，冬日的严寒对它来说不算什么了！如果能再抓一些老鼠储藏起来，那么冬天到来时它就不怕挨饿了。

　　小鸮抓住了一只肥老鼠，藏进树洞里。心里寻思着这只老鼠不错，再来一只这样的就好了！很快，它又抓了一只，再次藏进树洞里。

　　"而现在，"小鸮有点抓上瘾了，"这会儿正是抓山雀的时候，不如抓几只山雀回来，可以时常换换口味。"

　　小鸮抓住了一只山雀，藏进了树洞，然后又掐死了一只地鼠，还抓

了一只旋木雀①，之后又捉了一只戴菊莺②，最后摁住了一只麻雀。它把所有猎物都塞进了树洞。

"现在我要过上温暖又饱足的日子啦！"

① 旋木雀：又称爬树鸟。擅长在树干上垂直攀爬，身上棕褐色同树皮一色。
② 戴菊莺：卢森堡国鸟。

等小鸦自己也想躲进树洞里时，它往树洞里看了一眼，发现里面已经没有空余的地方了。它把储备的食物塞满了整个树洞，连头都伸不进去了。

小鸦无遮无挡地坐在树洞旁边的树枝上，羽毛都被风吹得竖了起来，雨水滴落到它的鼻子上。怎么办呢？再找一个树洞吧，可惜了自己之前的辛苦劳动；坐在树洞旁边过冬吧，又可怜自己要忍受风吹雨打。

最后小鸦决定在树洞旁生活，沮丧地守卫着自己的财产：有房子，有存粮，就是没有快乐。

# 荒野火狐狸

  荒野上，一只大狐狸叼着满嘴的老鼠来给三只小狐狸当午餐。可是，这会儿小狐狸们肚子还饱饱的，不想吃东西。那就和老鼠们玩会儿吧！

  两只小狐狸叼住其中一只老鼠，一左一右地把老鼠拽着，拉

扯着。另一只小狐狸一下子叼起了三只老鼠,嘴角边还露出了老鼠下垂的尾巴。

　　小狐狸们玩啊玩,直到玩腻了,就把老鼠给扔掉了,钻进黑暗的洞里休息去了。它们趴在洞口,把脸搁到前爪上,从黑暗的洞穴里望着外面明亮的世界。

它们看见一群麻蝇<sup>①</sup>飞到洞口，不停地打着圈"嗡嗡"叫。

一只山鹡鸰<sup>②</sup>跟在麻蝇后面，它浑身灰色，身材苗条纤细。山鹡鸰摇晃着尾巴，迈着小碎步，跑跑停停，停停跑跑。它一停下来，两只眼

①麻蝇：又称为肉蝇，生活在野外草丛中。
②山鹡鸰：又名林鹡鸰、树鹡鸰。属小型鸣禽，常在林中捕食。

睛就滴溜溜地望着麻蝇。

　　小狐狸们缩起身子。山鹬鸪往右，小狐狸们的眼睛就往右看；山鹬鸪往左，小狐狸们的眼睛就往左看。

　　就这样，小狐狸们的眼珠子跟着山鹬鸪转来转去。

突然，小狐狸们跳了出来，差点儿捉住了山鹬鸽，但是终究没有得逞。于是，它们又钻回了洞里继续等待。

麻蝇又飞了过来。山鹬鸽跟在麻蝇后面，紧挨着洞口晃动着尾巴逗弄小狐狸们。

小狐狸们又跳了出来，这次它们还是差点儿就捉住了山鹬鸽。

这就看不明白了：这是在游戏，还是在狩猎呢？不知这次已经是第几次，小狐狸们又跳了出来，但仍是徒劳。它们正围在一块儿玩耍，突然一道阴影从天而降，遮住了太阳。

　　小狐狸们立马一块儿冲向洞穴，有一只差点儿没挤进洞去。

　　原来，是鹰吓了它们一跳。

　　看得出来，鹰还年轻，没有经验。也许，它也是在玩耍呢！所以，兽崽儿们、鸟儿们、虫儿们的所有游戏都是狩猎游戏。只不过它们的玩具各不相同。有的玩具是老鼠，有的玩具是小狐狸。它们一边玩着，一边警惕地张望着。

　　对小狐狸来说，老鼠是最容易得到的玩具，想和它玩狩猎游戏就玩狩猎游戏，想玩捉迷藏就玩捉迷藏。玩腻了一口咬住，就把它吃掉了！

# 进入黑森林的熊

　　一头熊走进了黑暗的森林，落在地上的枯树枝在它的脚下"嘎吱嘎吱"作响，这突如其来的声音，吓坏了云杉树上的一只小松鼠，球果从松鼠的爪子里掉了下来。

　　球果正巧砸到了野兔的脑门儿上。野兔迅速从栖息处跑开，朝着密林深处飞奔而去。

飞奔的野兔撞上了一窝小黑琴鸡,把它们搅得魂不守舍,吓得个半死。

　　小黑琴鸡们惊慌奔走的响动吓得松鸦从灌木丛下跑了出来。喜鹊碰巧看见这一幕,警觉的它叫了起来,急促的叫声立马响彻整个森林。

驼鹿的耳朵很敏锐，它听见喜鹊急促的叫声，认为一定是喜鹊看到了猎人。驼鹿在林子里奔跑起来，折断了沿途的灌木。

　　沼泽里的鹤受到惊吓，鸣叫着飞走了。

　　勺嘴鹬盘旋着，沮丧地打着呼哨。

　　熊停下脚步，竖起了耳朵。

　　森林里是不是发生了不好的事情？松鼠在"吱吱"地叫着，喜鹊

和松鸦在"叽叽喳喳"地嚷着，驼鹿"砰"的一声折断了灌木，沼泽地里的鸟儿们也发出了不安的鸣声，身后还有谁在"啪嗒啪嗒"地跑着。

趁着还没出事儿，我也赶快跑吧！熊吼叫着，贴紧着耳朵，急急忙忙奔跑起来！

哎呀，熊可不知道，在它身后"啪嗒啪嗒"地跑着的是野兔，是被松鼠的球果砸到脑门儿的那只野兔。就这样，熊自己吓着了自己，自己把自己从黑暗的森林里赶了出去，只留下了泥地上的一路脚印。

# 融雪地

喜鹊看到了第一块融雪地[1]——皑皑白雪中的一个黑色的斑点。"我的！"喜鹊喊道，"是我的融雪地，是我第一个看到的！"

融雪地上散落着植物的种子，甲虫和蜘蛛在上面蠕动着，黄粉蝶侧着身子躺着取暖。这一切让喜鹊看得目不暇接，惊讶得连嘴巴都张开了。突然，不知从哪儿冒出了一只白嘴鸦。

白嘴鸦看到喜鹊，说："你好，你这就出现啦！冬天你在乌鸦的垃圾堆里晃荡，现在又跑到我的融雪地里来了，真不体面！"

"它怎么就成你的了？"喜鹊"叽叽喳喳"地叫了起来，"这是我第一个看见的！"

"你只是看见了，"白嘴鸦大声喊道，"而我整个冬天做梦都在想

①融雪地：雪融化后露出的地面。

着它，匆匆赶了一千俄里路只为奔向它。为了它，我离开了温暖的国度；没有它，我也不会出现在这里。融雪地在哪里，我们白嘴鸦就在哪里。所以，这是我的融雪地！"

"你呱呱呱地叫嚷个什么呀！"喜鹊开始连珠炮似的说了起来，"整个冬天你都在南方悠闲地晒着太阳，大吃大喝，回来了还不讲先来后到，要我将融雪地拱手相让。而我整个冬天都受着冻，在泔水池和垃圾场之间跑来跑去，以雪代水吞咽着。我勉强活了下来，身体还很虚弱，好不容易寻到了一块融雪地，你却连这也要抢走。你，白嘴鸦，只是看上去无知，其实狡猾得很。趁我还没啄你的头，走，赶快离开我的融雪地！"

云雀听到争吵声，飞了过来。它在一旁仔细听了听，然后"啾啾"地叫了起来："春意盎然，阳光和煦，晴空万里，而你们却在吵架。在哪儿吵架呢？哟，竟然在我的融雪地上！请你们不要破坏我同它再次相会的好心情，我现在无比渴望歌唱。"

喜鹊和白嘴鸦听了，气得使劲拍打翅膀。

"为什么它是你的？这是我们的融雪地，我们先找到的。喜鹊整个冬天都望眼欲穿地期盼着它；而我，如此急切地从南方赶来奔向它，以至于途中翅膀都差点飞脱白了。"白嘴鸦满腹委屈地说。

"你们都是外边飞到这儿来的，可我就是在这儿出生的！"云雀尖声叫道，"要是仔细找一找的话，在这里兴许还能找到孵化出我的蛋壳呢！冬天，我身在异乡，时常回忆起故乡的巢穴，因为太过感伤，我几乎不愿歌唱，但现在音符都急切地要从嘴巴里蹦出来了，甚至连我的舌头都因为激动在颤抖。"

云雀跳到小草丘上，微微眯起眼睛，喉咙颤抖起来，歌声便如春日的小溪流般叮叮咚咚、哗啦哗啦,淙淙作响。喜鹊和白嘴鸦张大了嘴巴,听得出了神。它们的嗓音并不美妙,它们永远也没法这样歌唱,只会"叽叽喳喳"地叫。

春日下,喜鹊和白嘴鸦被晒得懒洋洋的。不知道听了多久,突然,

它们脚下的土地颤动了一下，一个小土丘隆起，随后散裂开来。

鼹鼠探出头来，开始用鼻子急促地、用力地吸气。

"我是直接钻到融雪地上了吗？的确是这样。这儿的土壤温暖而又松软，没有积雪。散发着……啊！这是春天的气息吗？地面上已经是春天了吗？"

"是春天，春天来了，鼹鼠。"喜鹊兴奋地叫道。

"它本来就知道该往哪里去！"白嘴鸦嘟囔了一句，"别看它是个瞎子……"

"你干吗来到我们的融雪地？"云雀"啾啾"地叫道。

鼹鼠视力不好，它嗅了嗅白嘴鸦、喜鹊和云雀，打了个喷嚏，说道："我不需要你们的任何东西，更不需要你们的融雪地。我把土推出洞穴，然后就回去了。因为我觉得你们这里很糟糕，你们吵着架，差点没打起来，而且你们这里还明亮、干燥、空气清新。不像我美妙的地洞里——阴暗，潮湿，有霉烂的气味，一切是多么美好啊！而你们这里的春天还是这样……"

"你怎么可以这么说呢？"云雀大吃一惊，"鼹鼠，你知道什么是春天吗？"

"不知道，也不想知道！"鼹鼠一脸不屑地说，"我不需要什么春天，在我地下的家里，一年四季都一个样。"

"春天会出现融雪地。"喜鹊、云雀和白嘴鸦满心欢喜地说。

"那你们一到融雪地上就开始争执。"鼹鼠又"呼哧"一声用鼻子喷了口气，"为了什么呢？融雪地不就是融雪地吗？"

"不能这样说！"喜鹊跳了起来，"那融雪地上的种子呢？虫子呢？绿色的嫩芽呢？我们一整个冬天可都没有摄入一丁点儿维生素了呢！"

"在融雪地上可以坐一坐……走一走……活动活动筋骨。"白嘴鸦断断续续地说道，"可以用嘴在温暖的土地上翻一翻……找一找美味的虫子。"

"在融雪地上歌唱多好呀！"云雀盘旋着飞起，"大地上有多少块融雪地，就会有多少只云雀在歌唱。春天里，没有比融雪地更好的地方了。"

"那你们为什么吵架呢？"鼹鼠不解地问道，"云雀想歌唱，那就去唱。白嘴鸦想散步，那就去散步。"

"对呀！"喜鹊说，"而我就去找种子和虫子。"

在它们吵吵嚷嚷还没安静下来的时候，大地上又出现了新的融雪地。鸟儿们朝着新的融雪地四散飞去，去迎接春天。它们唱着歌，在温暖的土地上翻寻着虫子。

顿时，新的融雪地上又升起了一片叫喊声和争吵声。

"我也该走了。"鼹鼠说着，便消失在没有春天、没有融雪地、没有太阳、没有月亮、没有风也没有雨，甚至连吵架都找不到伙伴的永远黑暗而又沉寂的地下去了。

# 奔跑在小路上的刺猬

刺猬正沿着小路奔跑，只看见它的脚跟时隐时现。它边跑边想："我的腿脚跑得快，我的刺很锋利，对我来说，在森林里生活简直太容易了。"

它遇见蜗牛，对蜗牛说："喂，蜗牛，我们来赛跑吧。谁追上对方，就把它吃掉。"

愚蠢的蜗牛回答说："来吧！"

蜗牛和刺猬出发了。蜗牛的速度大家都清楚——一周走七步。而刺猬的爪子"咚咚"几下，鼻子"哼哼"几下，就追上了蜗牛。刺猬"嘎巴"一声，就把蜗牛吃掉了。

刺猬继续向前奔跑，只看见它的脚跟时隐时现。它遇到了一只雨蛙，于是，对雨蛙说："大眼珠子，我们来赛跑吧。谁超过了对方，就把它吃掉。"雨蛙同意了刺猬的提议。

雨蛙和刺猬跑了起来，雨蛙一蹦一跳地跑着，刺猬"咚咚咚"地跑着。刺猬很快就追上了雨蛙，一把抓住雨蛙的腿，把它吃掉了。

吃完雨蛙，刺猬继续向前奔跑。它跑啊跑，看见树桩上停着一只雕鸮[1]，正左右脚替换站着，嘴里发出"咔吧咔吧"的声音。

原来是雕鸮呀！刺猬想：没关系，我的腿跑得快，我的毛刺锋利。我刚吃掉了蜗牛，吃掉了雨蛙，现在该吃雕鸮了！

勇敢的刺猬用爪子挠了挠吃得饱饱的肚子，漫不经心地说："来吧，雕鸮，赛跑吧。要是让我追上了你，我就要把你吃掉！"

雕鸮微微眯起大眼睛，回答说："按——你说的来！"

雕鸮和刺猬开跑了。

刺猬的爪子还没来得及迈开，雕鸮就已经飞扑到它身上，用宽大

---

[1] 雕鸮：鸮的一种。鸮在我国古代俗称为"猫头鹰"。

的翅膀拍打着刺猬。雕鸮大声叫喊道:"我的翅膀比你的腿脚更快,我的爪子比你的刺更尖。我可不是雨蛙也不是蜗牛。现在我就把你整个儿吞下去,然后再把刺吐出来!"

刺猬十分害怕,但它并没有失去理智。它立刻蜷成一团,滚到了树根下面,一直在那里躲到了天亮。

很显然,刺猬也并不是轻易就能在森林里活下来的。

# 荨麻的幸福

一株荨麻在树林的边缘长了出来。它从一堆花花草草中探出了身子，感到有些难为情。它周围的花儿美丽芬芳，浆果新鲜多汁，只有它自己毫无特色：既不美味可口，也不鲜艳动人，更没有沁人心脾的芳香。

突然，荨麻听到一个声音："长得漂亮不见得有多幸福！谁看见了，都要把你摘下来……"这是白色的洋甘菊在絮絮低语。

"你以为长得香喷喷的就好吗？才不是呢！"野蔷薇低声回应道。

"最坏的要数长得好吃了！"草莓晃了晃小脑袋，"每个人都想要把你吃掉。"

"真没想到你们的处境是这样！"荨麻听了很吃惊，"这么说来，最幸福的竟然是我？要知道，谁都不会碰我，也不闻我，更不摘我。"

"我们嫉妒你平静的生活！"花儿们和浆果们异口同声地说。

"我多好啊，我多么开心啊，我多么幸福啊！"荨麻高兴地喊着。可是，不一会儿，它又伤感起来："我生长着，却毫不引人注目；绽放了，也没有人来欣赏；枯萎了，也不会被人记起。"

突然，荨麻呜咽起来："好像我从来就没有存在过，好像我从来没有活过。难道荨麻的幸福就是悄无声息地死去吗？我不要这种荨麻的幸福！"

花儿们和浆果们认真地听完荨麻的话，再也不抱怨自己提心吊胆的生活了。

# 鼹鼠

簌簌！

"谁在这儿？"喜鹊听到声音跳了起来，"难道是蘑菇从地下钻出来了？"

这时，一个小土包裂开了，从那里钻出来一只—— 鼹鼠。

"啊！"鼹鼠探出圆圆的、黑黑的脑袋，激动地说，"多美好啊！芳香扑鼻。"

这里也确实令人神往：阳光和煦，青草茵茵，百花争艳。

"可你是个瞎子，有什么好开心的？"喜鹊吃惊地说，"你又什么都看不见！”

"但我能闻到啊！"鼹鼠内心快乐极了。它如实地说："这芬芳让我神清气爽。"

"马上你就要更加神清气爽了，"喜鹊肯定地说，"我们要审讯你，鼹鼠！"

"我没有任何过错！"鼹鼠的鼻子里发出"哼哼"的声音。它生气地说："审讯我干什么？"

"你有罪！"喜鹊说，"在大伙儿面前有罪！报上你的姓名，职业。"

"我——一只普普通通的鼹鼠，世世代代以挖土为生。我在地下工作、生活，在地下出生，也将在地下死去……"

"不要对我们装可怜！"喜鹊"叽叽喳喳"地叫了起来，"你为什么非要在公园花圃里的植物根系下挖洞？说！"

"冤枉啊！地下的根系太多了，缠绕在一起，杂乱无章。我的视力又不好，你去弄清楚试试？眼力好的都还会看错呢，我不是故意的。"

"无心之过也要惩罚！你听说过吗？这不是你辩护的理由。"喜鹊说。

"它有辩护的权利！"刺猬插嘴说，"让我来替它说。鼹鼠将自己造成的损失——怎么说呢？——将功补过了。它吃掉了对根有害的甲虫和甲虫的幼虫。"

"我这里还有对它的第二项指控呢！"喜鹊无法平静下来，"它的洞穴把草地弄得一团糟，割草的人也怨声载道。"

"是！"刺猬再次为鼹鼠辩护，"它是把草地弄得一团糟！但是它——怎么说呢？——它是在给土壤通风！想必你连'通风'这两个字都没听说过，但它却已经做到了。鼹鼠把土壤掘松，再翻起来，然后搅拌它，因此，草才能长得更加茂密。如果有错，那也只错一点点，但功劳却大得多。它应当登上光荣榜，而不是坐上审判席！"

"我这儿还有对它的第三项指控呢！"喜鹊并没有就此罢休，"有

伙伴们控告说，鼹鼠啃了菜园子里的土豆和胡萝卜。说，你啃没啃？"

虽然，鼹鼠一向是沉默寡言，不争不辩，但它这下再也忍不住了。

"我没有啃！"它只喊了这么一句，就又不吱声了。

刺猬却"哈哈"大笑起来。

"听着！"刺猬说，"鼹鼠，可是——叫什么来着？食——虫——动——物！跟我一样。我们都不吃蔬菜或水果，吃了只会闹肚子。那些家伙因为不知道我们的习性，才误会我们。每到晚上我也会去菜园子里逛，但不是为了胡萝卜，而是冲着幼虫和蛞蝓（kuò yú）①去的。鼹鼠也是这样。而且它还给土壤通风，我亲眼看到过。"

"安静！"喜鹊说，"你的废话害得我头都疼了。你——鼹鼠，快跟你的'通风'一起消失吧！"

鼹鼠便消失了，就像从没来过一样。

"鼹鼠饿啦！"刺猬"嘿嘿"一笑，"它去给土壤通风去了，真是好样的，跟我一样勤劳。"

---

① 蛞蝓：外形像去壳的蜗牛，表面多黏液，头上有长短触角各一对，眼长在触角上。

# 交喙鸟和啄木鸟

"啄木鸟,我瞅着你的喙,拿它跟我的喙比较比较。"交喙鸟[1]说,"你的喙直直的,像一个凿子,而我的喙像两把弯曲交叉的螺丝刀。总之,我的弯喙要比你的直喙好。"

"弯喙有什么好的?"啄木鸟把脸转向交喙鸟,"我的直喙凿木头才厉害呢。"

"糟糕的就是这个!"交喙鸟提高了嗓门说,"你是用你的'凿子'

---

[1] 交喙鸟:又名交嘴雀。上下嘴不像其他鸟类那样合在一起,而是相互交叉着,嘴尖很长,分别向上下伸出来。

毁坏树木,而我用弯曲的'螺丝刀'只在球果上刮开仅仅鱼鳞片大小的口子,就能获取种子。你瞧,我把种子碰落到地上,它就发芽了,长出树苗了。所以,我种下了一片森林,可你却在破坏它。可见,我是森林的朋友,你是森林的敌人。而这一切都要怪你这直溜溜的喙!"

啄木鸟听完,气得停了下来,不再凿树。

"来欣赏欣赏你的'劳动成果'吧!"交喙鸟不依不饶地说,"山杨树被你凿得像是被斧头砍过一样。"

"山杨树生病了。我从钻蛀虫和番死虫嘴里把它救下来,用的就是这个喙。"

"谢谢你,啄木鸟。"山杨"簌簌"地说,"谢谢你,救了我。我之前几乎都快枯萎了。"

交喙鸟吃惊地张大了自己弯曲的嘴。

"但是,啄木鸟捉虫的同时也损害了树木的健康!你看,它在白桦树的身上啄出了那么多伤口,像猎枪的铅砂打出来的一样。白桦树的树皮上全是眼泪。"

"这不是眼泪。"白桦树"沙沙"地说,"这是汁液从破口中溢出来了。这些汁液能愈合伤口,等伤口愈合后,我就连想都想不起曾经有过这样的伤口了。"

"我是不会忘记的!"黄缘蛱蝶飞过来尖声说,"春天,我以这些汁液为食,才不至于饿死。谢谢你,白桦树!"

"谢谢你,啄木鸟。"蚂蚁摆动着触角说,"冬天里我们消瘦了太多,有益健康的白桦树汁帮助我们恢复了体力。"

"谢谢你们,白桦树和啄木鸟。"长着长尾巴和冠毛的白脸山雀"叽叽喳喳"地叫了起来,"谢谢你们请我们喝甜美的汁液。"

大家都叫着,嚷着,打着呼哨。只有啄木鸟看着交喙鸟,沉默不语。

但交喙鸟还是不同意大家的说法,它一个劲儿地抖动着自己弯曲的嘴巴,非要指出啄木鸟的不是。

"你,"它喊道,"在树上就凿出了这么多深深的树洞,而森林里有多少只啄木鸟啊,多少啊!如果每只啄木鸟都凿这么多树洞,那整个森林就到处都是窟窿。换句话说,我种着树,而你却在树上打着孔。"

"森林里的啄木鸟越多，"五子雀①喊道，"我们这些树洞巢居者就越多！我们越多，森林害虫就越少！森林害虫越少，森林就越好！森林越好，大家就越好！你，交喙鸟，也会越好！"

"听到了吗？"啄木鸟转头看向交喙鸟。交喙鸟没有回应。

"啄木鸟也成全了我！"小鸮大声说道，"我把冷藏室安置在树洞里。冬天，我把老鼠冻起来储存，因为老鼠对森林有害。"

"听到了吗？"啄木鸟再次问交喙鸟。

这时，山雀"啾啾"地叫着说："啾啾，啾啾，要不是啄木鸟啄出的树洞，我们这些小鸟在严寒和暴风雪中能躲到哪里去，该怎么熬过这漫长的冬夜？我们都要感谢它——啄木鸟！"

"听见了吗？"啄木鸟又把头转向交喙鸟。

而交喙鸟早就已经飞得无影无踪了。

---

① 五子雀：属于啄木鸟家族。五子雀能在树上倒着移动，是世界上唯一一种低着头活动的鸟类。

# 秋天就要到了

一天早上，一只充满智慧的乌鸦对它的邻居们喊道："森林里的居民们，秋天马上就要到了，对于它的到来，大家都准备好了吗？"

森林的四面八方都传来了声音："准备好了……准备好了……准备好了……"

"那我们现在就检查一下！"乌鸦"哇哇"地叫着，"秋天一来，严寒一定会悄悄跟着溜进森林里，你们会怎么做？"

小野兽们回答说："我们松鼠、野兔和狐狸会换上冬天穿的毛皮大衣！"

"我们胡獾和浣熊会躲进温暖的洞穴！"

"我们刺猬和蝙蝠将会沉沉地睡去！"

鸟儿们回应道："我们候鸟将飞向温暖的国度！"

"我们定栖鸟①将穿上绒袄！"

"第二件事儿，"乌鸦喊道，"秋风会把叶子从树上摘下来！"

"就让它摘吧！"鸟儿们回答道，"这样就更容易看到野果了。"

"就让它摘吧！"小野兽们回答道，"这样林子里就会更加安静了！"

"第三件事儿，"乌鸦的发言并没有结束，它接着说，"秋天会用微寒将昆虫们冻死！"

鸟儿们回答说："我们鸫鸟会大口大口地吃花楸果！"

"我们啄木鸟就着手剥松果！"

"我们金翅雀会开始吃杂草！"

小野兽们回应道："没有苍蝇和蚊子，我们睡觉会睡得更安稳！"

"第四件事儿——"乌鸦故意拖长声音用低沉的语调说，"秋天让人苦闷不堪！它吹来阴沉的乌云，洒下冷冷的雨水，放纵忧郁的秋风。它把白天截短，太阳也躲进了它的怀里！"

"让它自己苦闷去吧！"鸟儿们和小野兽们齐声回答道，"苦闷、无聊对我们并没有什么影响！当我们穿着毛皮大衣和绒袄时，风雨又算得了什么！我们会吃得饱饱的，不会感到苦闷和无聊！"

充满智慧的乌鸦还想再问些什么，但还是张开翅膀飞走了。

①定栖鸟：指留鸟。留在某个地方，不飞往其他地方过冬的鸟。

乌鸦在空中飞啊飞,在它的下方是秋天里五彩斑斓的森林。这会儿,秋天已经迈过了森林的门槛儿,但谁也没有被它吓到。

# 可怕的隐身者

　　森林里出现了一位可怕的隐身者,发生了许多恐怖的事情。是谁将叶子从树上无情地扯下? 是谁弄乱草地,践踏着小草?

　　柳莺、燕雀和鸫,昨天还能见到它们的身影,听到它们的叫声,但今天一只也见不到了。

　　野兽们和鸟儿们纷纷惊慌失措地躲进了密林中。

　　但就算是这样,隐身者还是找到了它们。它为所欲为,将森林里的一切都按照自己的喜好和方式进行剪裁修改:它抓住野兔,将野兔的后腿涂成了白色,就像给每一只野兔穿上了白短裤一样;它将棕红

色的松鼠变成灰色；将五颜六色的雷鸟变成白色。

胡獴、刺猬和浣熊非常害怕隐身者。它们有的躲进了洞穴，有的钻到树根下面，都不再露面。森林里的居民们都恐惧得不得了，每天都会传来可怕的消息：青蛙和蟾蜍不知所终，蝴蝶和苍蝇也下落不明。

最害怕的要数新生儿啦！它们才刚刚来到这个世界，啥事都没有经历过，就遇上了这么恐怖的事，把它们个个吓得不轻。

不仅新生儿吓得不轻，就连年迈的熊也立马开始挑选洞穴，来躲避这可怕的隐身者。

隐身者在森林里和大地上横冲直撞，它压弯树木，吹着口哨，掀起的波浪拍打着河岸；它一会儿用雨水将大地泡软，一会儿又用微寒将大地封冻；它冲毁所有道路，折断桥梁，淹没沟渠。可谁也无法阻挡它的脚步——它是个看不见的隐身者！

# 七张皮的裁缝铺

　　冬天快到了，是时候该把背心换成皮大衣，把凉鞋换成毡靴了。动物们正思索着：去哪儿弄皮大衣和毡靴呢？这时候，狐狸就找上门来了："来我这儿，来我这儿，亲爱的朋友们，快来！我这儿是'七张皮'的裁缝铺，可以让大家都满意！"

　　野兔第一个蹦过来："快一点吧！狐狸，眼瞅着雪这一两天就要下了，而我还穿着夏天的背心。我上牙对不上下牙，倒不是冻的，而是吓的。我穿着这身黑衣服在皑皑白雪里可太显眼啦！你能给我弄到一件雪白的皮大衣吗？"

"这对我来说就像摇一下尾巴那样简单！"狐狸回答说，"只需要给你量一下尺寸，来吧，跳到我跟前来……"

"还量什么尺寸？"野兔警惕地说，"你用眼睛看一看不就行啦！"

"不量尺寸做不了，"狐狸回答说，"我不相信眼睛，我需要摸一摸。"

见野兔没有反应，狐狸开口叫道："下一个是谁？"

松鼠站在云杉树上"吱吱"地叫着："是我，松鼠。你给我做一件冬天穿着暖和的松鼠皮大衣吧。尾巴那部分要更厚更松软一些，别忘了在耳朵上缝上几绺长毛，在胸脯的位置缝上白色的小围兜。我棕红色的夏装穿得有点旧了，这会儿觉着冷……"

"你呀，你呀，真爱打扮啊！"狐狸"咕咕"地说，"我给你缝长毛、

尾巴和围兜……可在森林里谁看你啊？算了，从云杉树上爬下来吧，我给你量一量尺寸。"

"不量尺寸难道不能做吗？"松鼠惊恐地问。

"不量尺寸的话，我只能给刺猬做，刺一扎，就做好了。"

见松鼠站在原地不动，狐狸又开口了："还有谁要做衣服吗？"

水獭从水里探出头："是我，水獭。我需要做一身暖和的皮大衣，得用防水的毛料来做，做一件不透水的皮大衣。我连冬天都是在水里或者潮湿的地方度过的，我得穿着不透水的皮大衣潜水才保暖哩！"

“防水的也能做，”狐狸承诺道，“什么样的我都会做！爬到岸上来吧，我给你量一量尺寸。”

“你只是量尺寸？”

“那我还能干吗？难不成还要剥你的皮吗？嘻嘻！”

“我最好还是不量尺寸了……”水獭不肯靠近狐狸。

“你们怎么都不靠近我？”狐狸假装不解地说，“难道是你们都怕痒？看见我身上这件狐狸皮大衣了吗？ —— 多么精美的作品啊！金灿灿的皮毛柔软得像丝绸一样！猎人们都无法把目光从我这身衣服

上移开。这都是因为衣服是量身定做的。你们瞧瞧，我给熊缝制了皮大衣，给狼的那件还是双面夹毛的皮袄，它们都赞不绝口呢！"

"对是对，"动物们犹豫着说，"可我们不是狼，也不是熊。可别在你的'七张皮'裁缝铺里弄丢了自己最后这点皮。量尺寸的时候，一不留神，你就会把我们的头给扯下来。狐狸，我们想好了，还是不用你帮忙了，我们自己把背心换成皮袄吧。"

之后，动物们四散跑开了，只剩下狐狸在那儿气得牙齿咬得"咯吱咯吱"地响。

# 十月里的苍头燕雀

　　十月刚到，就把鸟儿们吓得够呛，以至于有的鸟儿头也不回地飞去了非洲。但也不是所有的鸟儿都那么胆小，有些鸟连窝都没挪呢！

　　看，一只乌鸦正满不在乎地"哇哇"叫着，它就没有挪窝。寒鸦也留下来了，麻雀也没飞走。其实十月也不愿意和它们打交道。因为它们连一月都不放在心上！于是，十月就打起苍头燕雀的主意来。因为它们叫苍头燕雀①，所以就应该害怕十月。十月刚到，就驱散了林子里

----

① 苍头燕雀：这个词和俄语"冻坏，发冷"是同根词。

的苍头燕雀，只有一只最固执的苍头燕雀留了下来。

"既然你固执地要留下来，那么你就要承受严寒的考验！"十月发怒了，开始降温。

但这只苍头燕雀并不觉得冷！

"就不信冻不坏你！"十月狂暴起来，使劲地往苍头燕雀的羽毛底下吹风。

苍头燕雀还是没有屈服。它对付严寒自有妙招，它把腹部包裹得紧紧的。只要把腹部裹得紧紧的，那么就能保持四十四摄氏度的体温，和鸟类正常的体温一样！有这样的体温，即便是在十月，也仿佛置身于五月里。苍头燕雀沿着枝头不停地跳跃，像走着台阶一样，还一边啄着食物：有时是甲虫，有时是草木的小种子。

"严寒没有将它击垮，那就让饥饿置它于死地！"十月的微寒开始"吱吱"作响。它刮起狂风，吹光了树上的叶子，赶跑了树上所有的昆虫。

而苍头燕雀扑棱一下飞到了地上，开始在地面上觅食。

为了对付苍头燕雀，十月思索了整整一个星期，然后将雨水降落大地，再用严寒把大地牢牢地冻住了。

"你瞧着吧！"苍头燕雀的好胜心被激发起来了，它扑棱一下又飞到了树上。

"你冰封了大地，我，苍头燕雀就吃冰冻的冷食。管它呢，我豁出去了！"苍头燕雀随即开始啄食落入雪中的冰冻的果子。

十月的脸气得发青。它"呼呼"地狂躁地刮着风，"哗哗"地没完没了地下着雨，"呜呜"地拼命地用雪压万物，也将严寒的缰绳握得越来越紧……

可苍头燕雀并不觉得冷，反而觉得冰冻的花楸果更加美味哩！

# 进退两难的十一月

十一月的乌云才从森林后面探出头来，就惹得林子里一片骚动。

雪兔看见乌云，激动得"吱吱"地叫了起来："快点，乌云，快来，快来！我早就变成白色的了，可雪一直没下，一不留神我就会被猎人们发现的。"

乌云听到雪兔的召唤，便开始往森林里移动。

"不行，乌云，快退后，退后！"灰山鹑喊了起来，"大地要是被雪盖上了，我还能吃什么？我的腿柔弱无力，怎么刨得到冰雪下面的食物？"

乌云开始往后退。

"尽管往前走，用不着回头！"熊大吼着，"让雪快将我的洞口盖严实吧！遮挡狂风和严寒，避开人类的视线！"

乌云迟疑了一下，随即再次向森林里移动。

"停下，停下！"狼们嗥叫起来，"要是你下了雪，我们就哪儿也不能走，哪儿也不能跑了。而我们都还指望自己的四条腿糊口呢！"

乌云轻轻地晃动一下，又停了下来。林子里不停地传来叫喊声和吼叫声。

"向我们飞来吧，乌云，让大雪洒满林子吧！"一些动物叫喊着。

"不许下雪！"另一些动物吼叫着，"掉头往回走吧！"

乌云一会儿往前走，一会儿又往后退，一会儿洒下雪花，一会儿又停下不洒雪花。

因此，十一月份就有了一张多变的脸：一会儿下雪，一会儿又不下雪；一会儿封冻一切，一会儿又解冻大地。大地上盖着雪的地方是白色的，露着土的地方是黑色的，十一月的大地是花斑状的。

十一月，不像冬天，也不像秋天。

# 对十二月的审判

　　鸟儿们和小野兽们聚集在湖边审判十二月。大家都饱受着十二月的折磨。乌鸦把喙在树枝上蹭了蹭，然后"哇哇"地叫了起来："十二月缩短了白天，让夜晚变得无比漫长。天黑之前甚至都来不及吃点蠕虫垫垫肚子。有谁赞成给专横跋扈的十二月定个罪？"

　　"一致赞成，一致赞成！"大家都齐声高呼。

　　猫头鹰却突然说："我反对！我上夜班，夜晚越长，我吃得越饱。"

乌鸦用爪子挠了挠后脑勺,继续进行审判:"在十二月份的森林里生活是十分枯燥的,没有任何能让森林居民愉快的事情发生,随时都可能因苦闷而死去。有谁赞成给讨厌的十二月定个罪?"

"一致赞成，一致赞成！"大家再次喊了起来。

突然江鳕①从冰窟窿里探出头，"咕噜咕噜"地说："我反对！我在为婚礼做准备，怎么可能会感到苦闷呢？无论是我的心情，还是胃口都好着呢。我不同意你们的说法！"

乌鸦眨了眨眼睛，继续进行审判："十二月的雪很不好，太过松软，根本无法支撑我们的重量；雪又太厚，往雪下面刨又够不着地面。大家都受尽折磨，日渐消瘦。有谁赞成将十二月连同恶雪一起从森林里赶出去？"

"一致赞成，一致赞成！"大家嚷嚷着。

① 江鳕：俗称鲶鱼。为淡水鱼种，生活于冷水江河及湖泊。属凶猛性鱼类。

这会儿，黑琴鸡和松鸡表示反对了。它们从雪下面伸出脑袋，"咕咕"地说："我们在松软的雪里睡得很香，这里不仅隐蔽，而且也很温暖。就让十二月留下吧！"

乌鸦无奈地扇动了一下翅膀："大家评判了，也讨论了，可怎么处置十二月呢？留下它还是赶走它呢？"

大家再次高呼起来："不用对它做任何事情，它自己会走的。谁也没法赶走一年里的任何一个月，让它自己慢慢地走吧！"

乌鸦的喙在树枝上蹭了蹭，又"哇哇"地叫了起来："那就这么着吧，十二月，你自己慢慢地走吧！但请不要逗留太久！"

# 熊翻身的日子

　　鸟儿们和小野兽们简直受够了冬天的煎熬。每个白天都刮着暴风雪，每个夜晚都是酷寒，望不到冬天的尽头。熊在洞穴里沉睡太久了，也许它自己都忘了该翻个身了。

　　在森林里有一个征兆：当熊翻身的时候，太阳就会变成夏天的样子。这个冬天真够长的，鸟儿们和小野兽们早就失去了耐心，它们跑去要叫醒熊："喂，熊，到时候啦！大家都受够冬天了！我们怀念阳光。翻个身吧,翻个身吧! 你不怕躺太久长褥疮吗?"

熊一声不吭,一动不动,无动于衷地沉睡着,断断续续地打着鼾。

"唉,要不我朝着它的后脑勺用力地敲一下吧!"啄木鸟说,"它肯定会立马动弹起来!"

"不行,不行!"驼鹿"哞哞"地叫着,"要尊重它,对它恭恭敬敬。喂,熊! 请你听我们说,我们含泪恳求,请你翻个身,哪怕是慢慢地翻也行。生活不易,我们驼鹿在山杨林里,就像奶牛在牛栏里一样寸步难行。林子里的雪已经下到我耳朵这么深了! 一旦狼闻到我们的气味,我们就遭殃了。"

熊颤了颤耳朵,嘟囔着对驼鹿说:"这关我什么事儿! 厚厚的雪对我来说更有好处:雪封住洞口,我躺在里面既暖和,又睡得香。"

这时,柳松鸡①开始哭诉起来:"熊,你难道不感到内疚吗? 所有的浆果,所有长着嫩芽的小树都被雪盖住了。你说,我们还能吃什么? 让你翻个身催促一下冬天,对你来说算得了什么? 你'呼'的一下,就能完成了!"

但熊坚持己见:"真可笑! 你们受够了冬天,却要我翻身! 嫩芽和浆果跟我有什么关系? 我的熊皮下面有的是脂肪。"

松鼠忍着忍着,终于忍不住了:"瞧你这只毛烘烘的懒货,连翻个身都懒得翻! 你倒是试一试像我这样沿着冰冻的树枝蹦一蹦,非得把你的爪子刮得直流血不可! 翻身吧,懒鬼! 我数一、二、三!"

"四、五、六!"熊嘲笑地说,"真吓坏我了。嘘! 快从这儿滚开,别打扰我睡觉。"

---

①柳松鸡:又称红松鸡。世界上最顽强的鸟之一。

小野兽们夹起了尾巴，鸟儿们灰心丧气，它们正准备向四面八方散去。这时，一只老鼠突然从雪地里探出身来，"吱吱"地大叫着："你们个头这么大，却都被它难倒了吗？难道非要这样和这个短尾巴说话吗？好说歹说它都不听，得用我们老鼠的方法跟它交流。你们求求我，我瞬间就能让它翻个身！"

　　"就你？对付熊？"小野兽们惊讶极了。

　　"对，而且我只需要用一个左爪子就行！"老鼠夸口说。

　　动物们齐声恳求老鼠帮忙。

　　老鼠"嗖"地一下子钻进了洞穴，开始给熊挠痒痒。它在熊的身上跑来跑去，用爪子抓来抓去，用牙齿咬来咬去。熊蜷缩起来，发出像小猪一样的"哼哼"声，四脚乱蹬。

　　"啊——受不了啦！"熊忍不住嚎叫起来，"啊——我翻身，只要你别再挠我啦！噢嚯嚯嚯！啊哈哈哈！"

　　老鼠从洞里钻了出来，"吱吱"地说："我轻轻松松地就让它翻了个身。这事你们早就应该跟我说了。"

　　这时，从洞穴里冒出一股烟尘，像烟囱里的烟一样。

熊刚一翻过身，太阳就立马有了夏天的样子。温度一天比一天高，春天的脚步也一天比一天近。森林里的每一天都变得更加明亮、更加愉快！

# 在冻原上

  喜鹊坐在一棵落满积雪的云杉树的树枝上诉苦:"冬天,所有候鸟都飞走了,只有我,一只愚笨的留鸟,独自在这儿忍受严寒和暴风雪。我吃不饱,喝不好,也睡不香。听说,候鸟们过冬的地方是个度假胜地——有棕榈树,还有香蕉,天气暖和得很!"

  突然,耳边传来一个声音说:"这要看是在哪个越冬地了!"

  "在哪个,还能在哪个? 还不是在常见的那个!"

  "不存在常见的越冬地的。只有炎热的越冬地:印度、非洲、南美洲;或者寒冷的越冬地,就像你们这儿的中部地带。我,雪鸮①,它们,黄连雀和红腹灰雀,还有雪雀和柳松鸡,我们就是从更北一点儿的地方飞到你们这里来休养过冬的。"

  "我都有点儿无法理解你们了。"喜鹊吃惊地说,"为什么你们为了一丁点儿吃的要飞这么远? 你们冻原②上白雪皑皑,我们这儿也

---

① 雪鸮:又名白鸮、雪猫头鹰、白夜猫子,是鸱鸮科的一种大型猫头鹰,属昼行性鸟类。

② 冻原:又叫作苔原,分布于欧亚大陆和北美大陆的北部边缘地带。冻原地带的冬季寒冷漫长,土壤下面常有永冻层存在。

是；你们那儿天气寒冷，我们这儿也是。我们这里哪算得上什么休养地？简直一样的糟糕。"

可黄连雀并不这么认为："哪能这么说呢？喜鹊。你们这儿的雪比我们老家少，也没我们老家那么冷，暴风雪也温柔一些。最主要的是——你们这儿有花楸果。花楸果对我们来说比所有棕榈树和香蕉都更加珍贵。"

柳松鸡也不赞同喜鹊的话："我在这儿啄着美味的嫩柳芽，还能把头埋进雪地里，这怎么就不是休养地了？在这里，我能吃得饱饱的，躲进雪地里暖和得很，风也吹不着我。"

雪鸮也表示不同意喜鹊的话："现在冻原上所有的动物都躲起来了，而你们这里还有老鼠和兔子。这儿的生活多惬意啊！"

从北方飞来的其他越冬者也纷纷点头，连声附和。

"真是活到老，学到老啊！"喜鹊又惊又喜，"这么说来，我不应该哭泣，而应该尽情享受才是啊！这么说来，原来我整个冬天都住在休养胜地。真神奇，真神奇啊！"

"正是这样啊，喜鹊！"大家齐声喊道，"你不要为没有去炎热的越冬地而感到遗憾，其实你的短翅膀也飞不到那么远的地方。不如跟我们一起留在这儿休养吧！"

森林里又恢复了往日的宁静，刚才还自悲自怜的喜鹊，现在心情已经平静了下来。从冻原飞来的休养者们忙活着寻找食物，而那些飞去炎热的地方越冬的鸟儿们，暂时还杳无音信。

# 在雪中

　　雪花纷纷扬扬地飘落下来,盖住了大地。小动物们都高兴起来,现在它们可以躲在雪下面,任凭谁也找不到它们了。

　　其中一只小动物居然开始炫耀起来:"你们知道我是谁吗? 我看上去像耗子,但不是耗子。个头儿像大老鼠,但不是大老鼠。我住在森林里,可我的名字却和'田'有关。告诉你们吧! 我是水田鼠[①],说白了,就是水老鼠。虽然我叫水老鼠,但我并不藏在水下,因为冬天的时候,水全都结冰了,我只能躲在雪下面。现在并不是只有我生活在雪下面,到了冬天很多动物都成了雪居者。皑皑白雪盖住了我的洞穴和储藏室,我还在两处之间挖了一条雪下通道,我终于盼到了无忧无虑的日子。这不,我正通过雪下通道从自己的洞穴往储藏室跑去,去那里挑一个最大个儿的土豆……"

　　正在这时,一个黑色的鸟喙突然透过积雪从上面扎了下来:一会儿从前面啄,一会儿从后面啄,一会儿又从侧面啄。水田鼠把自己缩

---

①水田鼠:属仓鼠科,又称水老鼠,是个体最大的田鼠。

成了一团，紧紧地闭住嘴巴和眼睛。

原来这是乌鸦听到了水田鼠的声音，将嘴巴戳进雪里搜寻它。乌鸦在雪面上走了走，啄了啄，听了听，但是没有发现水田鼠。

"难道是我听错了？"乌鸦嘟囔了一句，飞走了。

水田鼠松了一口气，小声地自言自语道："乌鸦是透过雪听到我的声音，差点儿就把我抓住了。我得管住舌头不能再吱声了。"

水田鼠刚准备继续往储藏室跑去，一只狐狸的爪子就从雪面伸了下来。狐狸一个劲儿地乱拨乱抓，甚至还扒开了积雪！瞧，一块泥土飞了出来，躲在雪下面的水田鼠被发现了。狐狸的鼻子朝水田鼠后背呼着气，发出"呼哧呼哧"的声音："啊，老鼠的味道闻起来真是好极了！"

水田鼠撒开自己的小短腿，掉了个头，沿着雪下通道拼命往洞穴里蹿。它险些被抓住，好不容易跑回洞里。过了好一会儿，它才喘过气来，心里想着："我可以保持安静，这样乌鸦就找不到我。但我要怎么对付狐狸呢？也许我应该在碎草屑里打打滚儿，把身上的老鼠的味儿去掉。就这么干吧！这样我才可以过平静的生活，谁也找不到我。"

突然，一只伶鼬①出现在洞口一侧。

"我可找到你啦。"伶鼬语气温柔地说。可它的眼睛里却燃着绿色的火花，洁白的牙齿闪着寒光："我可算找到你了，水田鼠！"

水田鼠赶忙钻进洞里，伶鼬跟着它；水田鼠跑到雪地上，伶鼬也跟着跑到雪地上；水田鼠钻进雪下面，伶鼬也钻进雪下面。水田鼠费了老大劲才逃脱了伶鼬的追捕。

一直躲到傍晚，水田鼠才屏住呼吸，悄悄地溜进了自己的储藏室。在那里，它只能谨慎地张望着，留心地听着周围的动静，嗅着敌人的气息，警惕地啃着土豆边。尽管如此，它还是过起了平静的生活。

从此，它再也不炫耀自己在雪下面无忧无虑的生活了。因为在雪下面还是要小心提防，总有家伙能听到你的动静，闻到你的气息。

_____

① 伶鼬：属鼬科。伶鼬通常喜欢单独行动，常常利用倒木、岩洞、草丛、土穴作为隐蔽场所。

# 受邀的客人

  喜鹊看见野兔，惊讶得"啊"地叫了一声："你难道是刚从狐狸的牙缝里逃出来的吗？斜眼儿①。你怎么浑身皮毛杂乱，还湿乎乎的，一副丢了魂的样子？"

  "要是去了狐狸家才好呢！"野兔哭着说，"我这是被请去做客了，不是自个儿上门做客的，而是应邀前往的……"

  喜鹊一个劲儿地问："快讲讲，亲爱的！我太喜欢听别人讲这种事

①斜眼儿：俄罗斯民间称兔子为"斜眼儿"。

了！也就是说，小可怜，有人邀请你去做客，而它们自己却……"

"它们邀请我去参加生日宴会，"野兔开始讲了起来，"你也知道，现在森林里，无论哪天，都有森林居民过生日。我又是一个温和的邻居，大家都喜欢邀请我。这不，前几天邻居兔妈妈叫我去。我一蹦一跳、高高兴兴地去了她家。还特意没吃饭，等着她丰盛的宴席。

"刚进门，她啥也没有招待我，一直把自己的小兔崽子往我跟前塞，还一个劲儿地夸它们。可你说，小野兔有什么好稀罕的！我在林子里每跳一步都能遇见，我都看够了。但我是个温和的人，我礼貌地说：'瞧，这长着大耳朵的小圆面包真可爱啊！'你猜，接着发生了什么事儿啊！'你'，兔妈妈生气地叫喊着，'怎么了，你眼睛长歪了吗？竟然骂我家纤细苗条、举止优雅的小兔宝是圆面包？瞧，谁要是邀请了你这样的笨蛋来家里做客，它准连一句聪明话都听不到！'

"我刚离开兔妈妈家，母獾就叫住了我。我有礼貌地跑过去，看到一屋子小獾们肚子朝上，都躺在洞里取暖呢，就像小猪崽子一样懒洋洋的。母獾问我：'我的孩子们怎么样，你喜欢吗？'我张开嘴巴，刚准备说实话，马上想起了兔妈妈的话，就学着说：'多苗条啊，瞧，你家宝宝多么优雅啊！''啥样？啥样？'母獾愤怒地竖起毛来，'你自己是瘦子，你才苗条优雅呢！你爸、你妈都苗条，你爷爷奶奶才优雅！你兔子家族都骨瘦如柴！叫它来做客，它却在这儿嘲笑人家！别听它说的，我的小帅哥们，我的近视小懒虫们！'

"我好不容易从母獾那边逃脱，就听到松鼠在云杉树上喊：'野兔，你见过我最可爱的小心肝了吗？''我改天再去看！'我说，'这会儿我的眼睛有点模糊，有点重影儿……'但松鼠并没有作罢：'也许，野兔，你是连看都不想看它们一眼？那你尽管直说好了！''瞧你说的，'我

赶紧安抚它说，'松鼠！我很高兴见到你的宝宝们，可是我从下面看不见窝里的小松鼠们，我又没法爬上云杉树去看它们。''你怎么，不相信我是吧？'松鼠抖开尾巴，"喂，说吧，我的小松鼠怎么样？'我吞吞吐吐地回答说：'这样和那样……'见松鼠一脸不高兴，我又赶紧说：'各种各样……'松鼠更加愤怒了：'你，斜眼儿，别语无伦次了！赶快实话实说，不然看我怎么扯碎你的耳朵！''你的宝宝们聪明，有智慧！''这我自己知道。''是森林里最漂亮的，极其漂亮的！''这大家都知道。''是听话的，无比听话的！''喏，还有呢？'松鼠没完没了地

问。'这样的，最这样的……''这样的，最这样的？……喂，等着吧，斜眼儿！'

"突然，松鼠猛地向我扑来！你要是看到这一幕，都得惊吓出一身冷汗。喜鹊，我到现在都没喘过气呢。我差点儿饿死，还被羞辱一番，还挨了揍。"

"可怜啊，可怜的野兔！"喜鹊同情地说，"可怜你不得不去看那些丑八怪：兔崽子，獾崽子，松鼠崽，呸！你应该直接来我家做客，来欣赏欣赏我的心肝儿小喜鹊们！要不，你转个道儿？我家就在不远处。"

听到这番话，野兔吓得一哆嗦，飞一般地跑掉了！

之后，驼鹿、狍子、水獭、狐狸也都邀请它去家里做客，但野兔再也没去过！

# 森林服务站

寒冷的二月降临到森林中,雪被风吹成一堆一堆的,积在树丛里;树木还被寒气盖上了一层白霜。尽管太阳照着,可鸟儿和小野兽们并不觉得暖和。它们发起愁来,接下来该怎样生活呢?

黄鼬①说:"各尽所能地自救吧!"

喜鹊"叽叽喳喳"地叫着,埋怨道:"又是自己照顾自己?又是单个儿、单个儿的?不行!我们要一起对抗共同的灾难!有些伙伴总说,我们在森林里只知道吵架斗嘴。这点真让我感到窝火。"

———————

①黄鼬:俗称黄鼠狼,或黄狼。

这时,野兔加入了它们的谈话:"喜鹊说得对,独木不成林。我提议设立森林服务站。比方说,我可以帮助山鹑。我每天可以在秋播地里刨雪,刨到地面,就让它们来我这里啄食种子和青草,我不心疼。喜鹊,你把我的名字作为一号写进服务站。"

"看来我们这片林子里还是有聪明人啊!"喜鹊兴高采烈地说,"接下来,谁是下一个?"

"我们!"交喙鸟们叫了起来,"我们负责剥开云杉树上的球果壳,将一半儿球果扔到地上。请田鼠和松鼠享用吧,我们乐意奉献!"

"野兔是挖掘工,交喙鸟是播撒工。"喜鹊记录着。

"接下来是谁?"

"把我们登记一下,"正待在自己巢穴里的河狸"唔唔"地低声说,"秋天时,我们积攒了很多山杨树,足够大家一起吃的。驼鹿、狍子、野兔,你们到我们家来吧,啃一啃多汁的山杨树皮和树枝。"

就这样,大家踊跃地报名,想要成为森林服务站一员。

啄木鸟提供自己的树洞作为夜营地,乌鸦请大家吃动物的尸体,还许诺要给大家展示垃圾场。

喜鹊差点儿忙得记不过来。

狼听到声音,迈着小碎步跑了过来。它双眼发着光说:"把我也登记进服务站里吧。"

听见狼的声音,喜鹊差点儿从树上掉下来:"把你——狼,登记进服务站?你想在站里做些什么?"

"我要做守卫。"狼回答说。

"你能守护谁?"

"我能守护你们每一位!山杨树边的野兔、驼鹿和狍子,巢穴里

的河狸。我是个有经验的守卫。我守护过羊圈里的绵羊，鸡窝里的鸡……"

"你是从林间小路跑来的强盗，不是守卫！"喜鹊大声叫喊起来，"过路的，你从一旁走开吧！我们认识你。我，喜鹊，将守护森林里所有居民免受你的残害。我只要老远地看见你，就立马大声呼喊。我在服务站里记下自己的名字，而不是你的名字。'喜鹊是守护者'。难道我还比不上别人？"

就这样，鸟儿和小野兽们自由自在地生活在森林里。虽然，它们有时候闹腾得鸡飞狗跳，但更多的时候是相互帮助。

森林里，各种各样的事情都发生过。

图书在版编目（CIP）数据

大自然里的故事．荒野火狐狸 /（俄罗斯）尼·斯拉德
科夫著；（俄罗斯）伊·茨冈诺夫绘；石雨晴译．— 福州：
福建少年儿童出版社，2020.6（2022.1 重印）
（世界自然文学大师作品·美绘本）
ISBN 978-7-5395-7135-5

Ⅰ．①大⋯ Ⅱ．①尼⋯ ②伊⋯ ③石⋯ Ⅲ．①儿童故
事—图画故事—俄罗斯—现代 Ⅳ．① I512.85

中国版本图书馆 CIP 数据核字 (2020) 第 046630 号

中文简体字版由福建少年儿童出版社在中国大陆地区独家出版发行
著作权合同登记号：图字 13-2020-005 号

世界自然文学大师作品·美绘本

**大自然里的故事 荒野火狐狸**

作者：[俄] 尼·斯拉德科夫◎著　　[俄] 伊·茨冈诺夫◎绘　　石雨晴◎译
出版发行：福建少年儿童出版社
地址：福州市东水路 76 号 17 层 邮编：350001
http://www.fjcp.com email：fcph@fjcp.com
经销：福建省新华发行（集团）有限责任公司
印刷：福州德安彩色印刷有限公司
厂址：福州市金山浦上工业园区 B 区 42 幢
开本：889 毫米 ×1194 毫米　1/16　　　　插页：2
印张：8.25
版次：2020 年 6 月第 1 版
印次：2022 年 1 月第 2 次印刷
ISBN 978-7-5395-7135-5
定价：35.00 元

如有印、装质量问题，影响阅读，请直接与承印厂联系调换。联系电话：0591-28059365